桃花诗意行

TAOHUA SHIYIXING

赵宏兴　张建春　主编

中国书籍出版社
China Book Press

"中国·合肥·桃花诗意行"
作品编委会

主　任　洪从贵　夏伦云
副主任　李家文
编　委　吴占菁　刘俊生　杨　芳　施海英

序

诗言志，歌咏言。肥西县桃花镇从来就不缺乏想象和诗意，有千年古城遗址，有桃丫与状元传说，有现代工业文明展示，有诗人向往的桃园和湖泊。

伴随合肥"大湖名城、创新高地"的战略推进，桃花镇主动融入，创新发展，经济和社会事业取得了喜人的成绩，获得全国文明镇、安徽省新型工业产业化示范基地、安徽省依法行政示范单位、安徽省绿色森林城镇、合肥科学发展第一镇等荣誉。在实现城镇化进程中，桃花镇始终把打造"文化桃花"作为发展的重要基点之一。

为着力提升文化特色品牌，丰富品牌内涵，提升文化自觉，助推桃花镇未来发展转型升级，特于2015年春，举办了"中国·合肥·桃花诗意行"征文活动。我们从大量来稿中，遴选优秀作品，编辑成册。收集在本书中的作品，都是这次征集活动的结晶，诗人们从不同角度歌吟了桃花镇的经济建设和两个文明建设，为桃花镇的文化发展，增添了浓墨重彩。

  我们的目标是，桃花镇在未来的发展征程中，将打造"文化强镇"作为一种强大内生动力，通过完善公共文化服务体系建设，推进机关、社区、企业、校园等文化均衡发展，组建专业、业余文体队伍，创新桃花特色文化品牌，经过3～5年努力，逐步实现"文化强镇"发展目标。

洪从贵

中共肥西县桃花镇委员会书记

目 录

张建春	水润桃花	001
武　稚	桃　花	012
吴少东	桃花引	019
金铃子	肥西，你让我盛开	022
育　邦	桃花镇	028
孙启放	桃花的颂诗	030
安　琪	在桃花镇	035
孤　城	诗意桃花镇	040
杨　芳	桃花里的春天	045
木　叶	桃树下的诗	048
王　琼	桃花镇	050

张有为	桃　花……………………………………	057
宇　轩	桃花镇…………………………………	061
方　圣	桃花镇的桃花…………………………	064
田晓华	有桃花…………………………………	067
舒丹丹	勿认樱花作桃花………………………	074
王　凯	桃花令…………………………………	076
夏　卿	桃花的伤痛无人知晓…………………	077
毕子祥	扎根桃花镇……………………………	080
查　炜	桃花序…………………………………	084
柯成生	在这桃花盛开的地方…………………	087
刘东宏	在合肥…………………………………	090
罗　亮	桃花镇采风……………………………	092
汪　抒	合肥向西，孟春正春…………………	095
吴劲松	千古灿然………………………………	097
许在波	桃花正肥………………………………	099
杨晓云	桃花姓什么……………………………	101

目 录

张　炯　四月的风………………………………… 105

张亚林　桃花忍不住要开………………………… 108

赵长在　桃花镇，桃花情………………………… 110

周学平　桃花镇，桃花开成海…………………… 121

池新可　桃　花…………………………………… 123

解红光　绽放粉红心情…………………………… 133

周宗甫　鸟群飞过桃花的外延…………………… 136

杨崇兴　咏　桃…………………………………… 140

玫　瑰　淡然淡然　只是我们的一种深深向往… 142

沈家财　沁园春·桃花…………………………… 149

水润桃花

张建春

一座城的传说

插下竹子，生出
桃的枝丫，风吹雨润
千朵花醉中漾动，一枝清醒
单等状元疾马策动
凑齐十全十美
王古城在侧，旗临渊源
千步百棵柳，百步三座桥
王家声势浩荡，留城池
陌上，与传说中桃花城
遥相暗恋，演一出
桃花人面虚虚实实

放鸭人牧歌悠长,一曲刚罢
千年时光流逝,城来了
麻鸭羽化,抖落风
大而成翅,凌空眺望

色　选

桃的花朵,我单选
状元来时的盛开
颜如满月
粉红色运气
独开在一抹风情里
谁在说春风
"十枝桃花九枝开
一枝单等状元来"
状元们梳理颤动花枝
四季边缘
绣出花的润泽
一份世间最奇妙的抉择
色而选之,又空又灵

桃花诗意行

搬　动

一棵树搬走了，一条路
搬出了视野，一座村庄
搬入了一幢高楼
一句最土的话搬进
一朵花的深处。桃树林里的田亩
结出明亮的窗户
枝头上金属搓揉，还是
花的芳香。我随搬动
寻找自己出生时门牌号码
桃花依旧，只是春风
多了韧性的四顾。乡语好听
敲响门，喊我小名子的眼睛
漾了层湿意，是老屋前的塘口吧
桃花滴落，水推波声

搓 动

早晨的塘口边,搓衣村姑
对水梳妆,一朵桃花
落在羞涩的笑里。她的手翻开
水的纹路,和水声氤氲的思念
小路阡陌,野花伴同眼睛
远远地被辽远打湿。村姑老了
她的女儿,走进桃花深处
种植金属响声,用电流的水波
灌溉出另一类花红。她所耕种的土地
生产搓动,也生产恋爱和钟情
她对母亲说,搓衣的手
已经被轻柔的转动封存
她要拈花一笑
做一回自由自在桃花源中人

水润桃花

我的家乡,一万朵桃花
盛开。一万朵桃花
铺出艳红地毯。一万朵桃花
绘声绘色,抬起一座城
一万朵桃花,带上乡音
敲响我的窗口。一万朵桃花
坚硬筋骨,流出水的润湿
一万朵桃花,洇染土壤
还原最美好的本质
一万朵桃花,随风摇曳
心与心歌唱,自然贴切
一万朵桃花,我的故乡,我的情
每一朵,都有迷恋的梦深入

花　帖

四月天，接受你的邀请
做一次花中人，走一回
桃花运里行程，执你在手
小风也醉。何况乡音
夹杂在城市隙缝
和南来北往行人中
四月天花可作媒
桃花一枝，便点破
乡村而市声不断谜团
我的乡人卷起裤管上楼
推开窗户，八面而来之风
传递稻穗的念想
但也略略迟疑，花帖
发出，迎接的只能是桃之夭夭花事

桃花诗意行

不是一种花在开放

桃花陨落,我的村庄
走向盛开。东边日出西边雨
都和花开花落有关
桃花镇借用花朵
撑一叶小舟摆渡

坦开枝丫,伸展虬绕
鸟的芳巢悄然生动,婉转的歌
浸淫耕夫唱晚
炊烟出处
花的羽毛筛满阳光

四月天燕子匆匆
沿熟悉目光
再做次村庄住户
落上我的肩头,浅尝了回
邻居间久违的问候

落英托起浮尘，过往梁上
陈年蛛网布满太阳斑点
旧泥新巢，还是桃花味道
如此村庄，装进高楼大厦
推开窗户，不是一种花在开放

遗　失

四月桃花，阳光和爱情
扭扎成果
纽扣般
比纽扣还小，封锁
落英入地消息
金属布下酸涩及甜美方案
阵容比一棵棵树
来得坚固
当然会将笑容
开成风吹不凋花朵
楼宇接听地气

广场还原真相
桃子耳垂，佛的征兆
双手合十是故乡所有植物的悬挂
花向天际，叶归谦卑
那么我，只能捧一把泥土
吸吮眼泪

亲与桃花

缓慢打开桃花
《诗经》里的美女
灼灼其华，是我亲人
千年恋情
岂能让一阵风吹去

那水托起的浮游
在梦里依据枝柯导语
挂满红色浆果
柔情入意
心的形象一目了然

桃花诗意行

我看到亲人
蜜蜂般草根般盘绕
沿文字的方向，
投进盐和钢铁的调料
酿出甜酒、乡愁、爱慕

再去在意一根田埂的游动
多么缺乏想象
眼神在和善里落地
坠地的桃花活了
她们，我故去的亲人

无数楼宇，闭了口唇
我翻动如撬开说话的窗口
她倚仗自己美丽
不说话，我大声发问
亲人间可需要语言

我亲亲诉求的桃花

桃花诗意行

捧起了就不会放下
千年不老的妖女
换了副面孔
还是临塘顾影的短衫长裙

桃 花
——致桃花镇

武 稚

桃 花

桃花　不像屋檐下的辣椒
桃花　总是把身子向春天抬了又抬

火的颜色　血的颜色
正因为有这如火如荼的热烈
那一片土地才突然有了饱满的骨血

是谁策马而过
惹得桃树竞相开放
是谁攒足力量

桃花诗意行

将一山的桃花呼唤

深一脚　浅一脚　摇摇摆摆
我不知道桃花真实的含义
我只是肤浅地
陶醉在大自然的股掌之上

这正是我所热爱的世界的模样
没有风雨　刀伤
没有围篱　阻挡
就这样一片又一片　灿烂地
把红尘敲暖　敲响

不预言　不占卜
就这样心无旁骛地打开
我可不可以这样理解
这也应该是　我们生活的常态

那些叫桃花的女子

那些叫桃花的女子
多少年前　都跟着风走掉了

带着最初的单薄　带着扑面而来的红晕
桃花结伴远行
她们匆忙地从一个春天　赶往另一个春天

后面的事　我不太清楚
在城市　我把那些又瘦又小
僵硬成骸骨的树
都叫着桃花

在春天　我希望活在伊甸园里的都是桃花
我希望能够让人仰视的都叫桃花
可是我知道
那些桃花　都只会从高处向低处降落

桃花诗意行

多少年后　我来到桃花镇
我惊讶地发现　桃花在这里聚拢
桃花踮着脚　桃花镇踮着脚
桃花镇想和桃花　一起抒情

我一次又一次地收回目光
那些贴身而过的女子　让我一阵阵眩晕
桃花　桃花　那些无数次燃烧过的桃花
我知道　重又回到了春风

路过桃花

险些又和桃花擦肩而过
似乎桃花总是和险些有关

是一千次的凋落之后
又第一千零一次的返还
有关桃花的纷争　总是难以了断

我不能视而不见这个世界

桃花诗意行

这是世界怒放的模样
这是心情怒放的模样

我从没在桃树下等待花开
桃花如此汹涌　也不是因为我来
我前半生走在路上　我后半生还走在路上
我的步履比桃花更匆忙

桃花交出一个季节的激情
看一眼桃花　就知道今年的收成
唉　落花流水
比落花流水更不堪的　是我们的心

她姿态如此端庄
今天我也故做消停
一个指尖的距离
我看到的　只有陈年殷红

桃花不传递任何消息
桃花希望我此刻活在花蕾之中

姐 姐

桃枝上——
那么多的眼睛聚集在一起
她们在遥望什么
那么多的嘴唇聚集在一起
她们在低语什么

我用眼睛与她们对视
想从她们的眸子里
看到我去年春天来过时的影子
我把耳朵贴近她们倾听
想听到她们说出
去年春天那场到处流传的爱情
是否有了结局

桃花啊,我不想喊你妹妹
我想喊你姐姐
我那苦难的知心的姐姐

桃花诗意行

我愿把心底所有的秘密说给她听

我寻觅到的知己
她就在我的身前身后
而我却不能带走
我拍遍园中的每一棵桃树
叩问这是为什么

这是一个残酷的春天
我和你必有一场分离
桃花啊,明天春天相逢
你是否还会笑我如笑春风

桃花引

吴少东

一

在一个以桃花命名的城镇
歌咏四月的桃花,我词不达意。
我的每一个词,都是
一瓣桃花

二

在肥西县
我见到了工业的桃花。
梅的枝干,樱的花容
转型的浮雕

三

蜀山,是桃花的叶子
巢湖,是花瓣上滚落的露珠

四

想到《桃花源记》
想到桃花源。
不知两汉魏晋,
无论大江南北
只知桃花一枝秀春风

五

梦中的桃花
与梦中的人是一体的。
人面桃花相映红

六

在春风吹来时,
世界是简单的。
只需做种植者或一树桃花
我们可以随意选择。
栽培,或者绽放

肥西,你让我盛开

金铃子

桃花令

这个上午很静
我铺开白纸,提笔蘸墨。带些胭脂的表情
我要写一首《桃花令》

不是令桃花去干什么,也不是令桃花
去交桃花命
桃花并不是每一朵都很温暖,并不是
每一朵都有爱人

我写下"桃"字,为这桃花小镇
为这镇上粉红的包围

桃花诗意行

再画下桃花的开
我的颜料不是被春天逼出来的。是我借用了
许许多多小美人的身体

这身体,让我无论走到哪里
都暗自吃惊
对自己屡屡发问:你对桃花为什么这样钟爱
难道你?藏有
桃花的前世
我爱桃花的温和、温顺、温馨
爱它们毫不疯狂的怒放
也不悲哀地飘零
我肯定,它像我

我喜欢坐在一树桃花下
想春天的风
想燕子带着桃花,回到巢里的……爱情
想着我对它的祝福:我的桃花妹妹
每一朵永远是五瓣

桃花梦

今夜,我要住在这个小镇
睡在桃花中,做一个
让桃花们自愧弗如的梦

我在梦中打马
经过雷雨和闪电的天空。我的诗歌四蹄腾飞
龙辇靠边。云之上
我是那个独来独往的
绝世美人

我从肥西,转道合肥
再从合肥转到很肥(我在梦里新想出一个地名)
我回到唐朝,我以胖为美
在很肥的星座边,我轻扬马鞭
滚滚雷电破裂,落在地面
全变成了熠熠生辉的花瓣
我不下马,继续奔驰

桃花诗意行

我将小镇的桃花向天下播撒
让每一朵都落地生根,让每一瓣
狠狠地,狠狠地
砸醒——那些忘了桃花的人

我忽生一念:把桃花镇
搬上马背
将它运回重庆,放在少数花园
成为新的风景

蓦然鸟鸣,把我惊醒
桃花你还未睡醒。春天你也难睡尽

桃花镇

在安徽,在肥西,我遇到了桃花小镇
但桃花,肯定
开得比小镇还大,还宽,还远
唉,如果我要打个比喻——
此时的桃花镇

桃花诗意行

只是春天的肚脐眼,或者,一朵桃花
小小的花心

漫步在桃花小镇的桃花街
商店像桃花一样打开
迎面相逢的人,无论是笑、是静
全是桃花
亲爱的,亲爱的表情

这群写诗的人,见了桃花
就像见了桃花丽人。总觉得有一笔桃花债
需要偿还
我要特别留神,我的前世一定
将一支桃——强折了去
我转入桃花小巷
那里有门
像是桃花故意虚掩,闺香从门缝中
溢出

想进一家餐馆喝桃花酒
想去一家布店扯桃花布

桃花诗意行

想去一家小院看桃花鱼
想来想去,关于桃花的想法太多,最后
我只买了一个桃花镜

照桃花。照他人。照自己

樱花不再是我的粉红年代

我要对着樱花
悄悄地说:你们不再是我的粉红年代
虽然,我的心中
尚有樱花
现在,我只想把樱花摆放在诗中
慢慢欣赏
像一只母鸡,望着公鸡
满面阳光,接着是
伤感的泪水,将樱花越洗越模糊,越洗越白
亲,我已疲惫至极
特别是在樱花
凋零得缤纷的时候

桃花镇

育 邦

月光洒在年轻的面孔上
收割机已锈迹斑斑
可是我们还清晰地记得
它冲进一望无垠的麦浪中
轰鸣作响的兴奋
我们天真地以为
我们会永远拥有
原野,河流和蛙声
我们拥有暮色中的鲜花盛开
——声声作响的协奏
我们生命的某一部分停驻在那儿
——人们廉价地称之为乡愁
是的,没有纪念碑

桃花诗意行

关于故乡的消息
如风一般,在这冷冷的丛林中飘荡
当桃花陨落
我才看见你从一片茫茫的水域中升起
在春天,在桃花镇
你听到回声
那个渐渐走向孤独的孩子
正小心翼翼地保存起那片花瓣
——人类记忆中最为微弱的部分

桃花诗意行

桃花的颂诗

孙启放

颂诗(一)

春天将桃花吹入溪水
春天将桃花吹进轩窗
春天将桃花吹至肩头
夭夭的红。

总有几片。命,刀光一样的薄
守一眼枯井终老
冷暴力。
痴。绝望之美。

桃花诗意行

颂诗（二）

美啊！亿万朵枝头桃花的呐喊和燃烧
清扫我的视野。
只有桃花，只有桃花，只有桃花
只有正在上演的
一场横扫山冈的桃花风暴！

一切只是等待。
只是，古老血脉寻求传承的前戏
一切因欲望揭竿而起
而生命本质之门何时悄然洞开？
那一刻
她们将齐刷刷摘掉自己的头颅

这山岗上的巨大气旋令人恍惚
我的思想足够寒冷
不合时宜的手，缩回袖中
只攥住一朵桃花背后的坚硬果核

颂诗（三）

我只喜欢，一棵桃树独自幽幽的心思
喜欢这骨肉亭匀的小女子

我只喜欢，只用一片桃色的花瓣
贴住春天的眉心

我只喜欢，一棵桃树上桃花的奔跑
小妖般的笑。

颂诗（四）

花瓣贴于额，你就红白多汁
你就是那位美人。

美人青丝三千，古典。
柳为腰，风为袖，水为邻。
桃花笺顺着溪流，一封又一封

桃花诗意行

妖媚发往唐,凄婉发往明
风情,犹豫再三,只称一两二钱
发往不远不近的宋。

颂诗(五)

这疯丫头,水捏出的身腰。

一跑,风就跟着哗啦啦
一跑,就夭夭,就暖了池阁,就惊了刘郎的梦
一跑,所有的江河都扔掉自己的骨头
跟着轻薄了起来。

颂诗(六)

春已经那么快。
响箭,掠过我的头顶——

更快的啸聚
唿哨声东西南北刹那连成一片

桃花诗意行

倾家荡产的春,面如菜色。

更快的劫匪,更快的桃花乜斜着眼
已在我面前肆意狂欢!

在桃花镇

安　琪

桃花赶往桃花镇

四月
春风这匹快马奔驰在
回故乡的路上
马背上的桃花
一咕噜一咕噜，含着笑，忍着泪
回故乡来了！

故乡生你
故乡养你
当你死了，故乡还会埋你

桃花诗意行

远走他乡的桃花
桃红色的脸浸泡在热辣阳光中
这世界只有一个桃花镇
这世界只有一个肥西县

水泥路上昼夜兼程
那春风的马匹马蹄儿发亮
像一阵又一阵锣鼓雨点般敲打起来
那马背上的桃花尚未完全绽放
故乡
请和年迈的母亲一起安坐
那桃花就要扑向你们的怀里

那桃花
就要在你们的怀中静静地燃烧。

桃花诗意行

在桃花镇

1

当我以桃花之名来到此处
我就已看见满街桃花

2

小镇仿佛大城,桃花实为钢铁
一座座高大建筑群里
桃花滚滚,带动小镇忙于生产,忙于发展

3

桃花,桃花
滴落在画家笔下的桃花
隐于居民住宅区的桃花

桃花诗意行

4

桃花,桃花
农业文明的桃花
工业文明的桃花

5

当你以桃花之名来到此处
你满街寻找
把一张张朴厚的脸看作桃花。

6

年年桃花开,开的都是被固化的桃花
约定俗成的桃花,人面桃花的桃花,逃之夭夭的桃花
唉,年年桃花开
开的都是旧桃花。

7

亲爱的,桃花何曾灿烂

桃花诗意行

桃花何曾像桃花一样灿烂?
你看到桃花灿烂那是我的癔症盛开!

8

桃花,是桃花镇的主人
她一声令下,你从北京来,她从广州来,我从福建来
我们,从祖国的四面八方,都来了。

9

一个人
在桃花镇上流浪,梦想栖身在一朵桃花中
梦想自己就是桃花。

10

夜晚的桃花镇
仿佛大地的中心,大地中心的一朵桃花
在夜晚一直使劲,预备天亮时盛大开放。

诗意桃花镇

孤　城

桃花镇

1

我跑不过闪电——
想象
一路跑在我前面——让桃花把桃花镇
疯狂开了一个遍

2

桃花都使用了消音器
蜜蜂约好

桃花诗意行

不长眼睛

3

天下桃花有两朵——
一朵在田野：新身子，活旧命
一朵在桃花镇：攥中国梦，锻打金钉子

4

桃花镇——现代智慧结出的水蜜桃
是桃花纷纷，公投
上千吨花瓣
一致推选出来的代表

5

去桃花镇，和想见的人在一起
喝不喝酒
人面都是桃花的杯盏

桃花诗意行

6

身体老去,思想浮现
只有陨落,归还桃花结果

7

走马官亭,花圃混同晚霞——
大棚当湖面
灯光当星空……
你眼拙,误入歧途。桃花们在大巴车里
热腾腾,怀揣各自的春天

8

嗡嗡嗡
桃花镇
一口一口吃桃花:一点点长高,一点点长大

桃花诗意行

9

桃花小灯笼——粉绿小拳头——
春风细雨不催
桃花镇也沉甸甸——渐次压弯光阴的枝头

注：第6小节的两句，分别取自安琪、黄玲君语意。

雪盛满桃花的杯盏

雪　盛满桃花的杯盏
我还知道　四月注定捧不稳
这般昂贵的玉和瓷
阳光似乎也知道一些
所以我们都不动声色地营救
各自心中的恋人
把雪还给水
把水抵押给春天
剩下空空的桃花　就随我一起碎

桃花诗意行

（阳光碎不碎　那是他的事情）
松开体内　攥出汗来的声音
也不问爱花的人　听不听得见

桃花里的春天

杨 芳

与高楼
与鸟鸣
与笑盈盈桃花为伍
一低头
目光与蒲公英碰撞
春天的梦开始
阳光滋润　风声柔和

一段往事悄声漫语：
斑驳的锄头蚀了
犁铧　坐成一尊青铜
吧嗒吧嗒的旱烟袋
还冒着水汽

桃花诗意行

低矮的老草屋　阴冷潮湿
偷吃的老鼠　大摇大摆穿过厅堂
炊烟曲折……
哦，都去了

桃花庄园长满新的元素
乡居梦幻　开在钢铸的骨骼上
团团火焰
近似我的血液
奔放流淌
漫不经心的　红
与春天融为一体
洋溢健康的容颜和身姿
小小蒲公英　与盲流一起
游走一圈又一圈
终合上飞翔的翅膀
回到原乡
扎根　播种　开花　结果
习惯以桃花为伍

桃花诗意行

桃花的性格　谁不痴迷

就让我　躺在你的怀里好好睡去
一梦醒来，依在你的肩头
看长高城市　听悦耳市声
从一棵传说的树上溯源
从阡陌通达的路说起

哎，不走了
真不走了
就让我死心塌地
做一回桃花里的草民吧

048
桃花诗意行

桃树下的诗

木 叶

举目所见,依然是张若虚的春江,王维的月夜,
桃花小心翼翼地维护着它十九个世纪以来的开法,

那时,曹雪芹尚不谙世事,
他的表妹后来糊涂到要去葬花。

在桃树下,你推搡,你轻敲,你是浪漫的僧人,你
  的古刹总是出自你的想象。

桃花呢?在春末,已经不着痕迹,恍如
你我也不曾存在;

碧水,蓝天,以及《弟子规》与众鹧鸪的心情,

桃花诗意行

日夜游走于深褐色的桃枝之中。

乡村的状元郎尚在路上,无论
桃花开与不开,倒春寒来与不来。

然而不再有毛驴与牛车,在桃花镇,
大地轻软,幢幢楼宇张灯,结彩。

江南的青衫已经汗透,他说,你们是周天子
派来的采诗官;

……我欲言又止,唉,其实我不过是你昔日的玩伴,
桃树下,也曾一同戏弄蚂蚱,戏闹着推演谁家的喜宴
　与流年。

桃花镇

王 琼

王古城

走进桃花镇
就走进一朵
硕大的桃花里
桃花引路
一脚踏进久远
古城的背影
有着辽阔的苍茫

关闭的城池
坐在时间花瓣上
千年不锈的名字

桃花诗意行

被春天脆生生地唤一声
燕语飞溅　绿柳舒袖
桃花绽开娇艳欲滴的红唇

东周的古城墙下
王侯的马车辚辚而过
江山不老　干戈已息
春风依旧　流水淙淙
九曲回桥上　款款走过
宽袖飘逸的汉服女子
长裙坎肩的唐代媚娘
民国花伞下的窈窕旗袍

坐镇千年的桃花
在古城盛大而慈悲的背影里
打捞着一枚旧时的月亮

传　说

一定有湿润的细节
被路过的薄雾遮盖

桃花诗意行

放鸭竿开出的九枝桃花
神奇而突兀
留下沉默的一枝等着
宋朝才高八斗的状元郎

那深深栽进土里
又跃上枝头的
是心中青禾的渴盼
是道歌声声的人间清唱
是祖祖辈辈的草帽里
散发的秋天的味道
是祖母手指间缠绕不散的
浓情的炊烟
是生生世世的桃树下
地老天荒的遇见

岁月的马匹驮着
平平仄仄的念想
一个美妙的传说
让小镇的枝枝蔓蔓

桃花诗意行

都长满花朵的眼睛
状元许是来过了
我在小镇漫步时
一个如梦令的下午
遇上那么多
点绛唇的桃花美人

千亩桃花

在桃花镇
春天一开口
就惹出满园桃花怒放
她们从汤汤的古河道
从诗经熠熠的国风卷
从唐风宋雨的画轴中
从四季复始的歌吟声
从大地暖湿的胸口上
携着整装待发的诗句
乘着一醉再醉的春风
扑面而来

桃花诗意行

千亩桃花游园
浪漫了谁的心思
望一眼爱情就回到心中
桃花　我知道她们
是春天最妩媚的小女儿
却有着天生的质朴善良
桃木吉祥　宜家宜室
粉雕玉砌的花盏
安放着世间美好的期望

小镇把沧海桑田
泊进桃花如初的笑容
把繁花似锦的修辞
铺展在千亩桃园芬芳的额头

顺和家园

村庄　是一个远走的词
稻浪的金黄棉花的白

桃花诗意行

敦厚的南瓜临风的玉米
勤勤恳恳的耕牛和
弯弯曲曲的田埂
连同昨日的贫穷和苦难
一同打包在记忆里

崭新的万人家园
乡村土地上的都市
是小镇结出的一枚新桃
包裹着甜蜜的汁液
丰富的养分
和乡情凝聚的核
粗瓷大碗盛着
和顺美满的日子
现代文明的风
已灌满每一扇敞开的门

矗立的楼群里
珍藏着泥土的温煦
苜蓿和小野花探出头

春光逡巡　树木葱茏
街市的笑语被鸟们衔上枝头
清澈的河流从身旁流过
解开乡愁轻柔的结
万物生长　相亲相爱

桃 花

张有为

之一

天气微凉。三月里
桃花开得正好
相约去赏花,可有伴同行?
折取两三枝,当作儿时纪念
花开花落,宠辱不惊
一瓣,两瓣,三瓣
这桃花开得触目惊心
像凋落的诗句
像死去的爱情
如此热烈,奋不顾身
仿佛无所畏惧的青春

——青春多美好
花一样的年华,梦一样的纯真
可以知错犯错,重新来一遍

桃花前留影,我的垂暮,你正年轻

之二

下雪的时候
他喜欢看梅花
看雪花一朵一朵落下来
红梅愈发娇艳
绿梅愈发冷峻
梅兰竹菊,四大名流
骨子里透着骄傲

而桃花没有这份清高
它兴高采烈地开着
等待有人欣赏,有人应合
桃花没有心计。它随心所欲

桃花诗意行

自由自在地开着
无心无肺地开着
乡村野地,房前屋后
处处可见它的身影
这普通人家的出身
终究亏负了桃花一世英名

之三

人面桃花。曾经,年轻的你
用崔护的句子,感慨,抒情
多少博得女孩欢心
二十年后再谈起
我们拥抱,微笑致以寒暄

桃花开得天真无邪
最美的那一枝
代表最爱的一个人
在误会、猜疑中,桃花衰败
情深缘浅,不由得人相信

桃花诗意行

至少，你尽到了一个男人的责任：
面对名利，不伸手
面对美色，不动心

桃花镇

宇　轩

> 三十年来寻剑客,几回落叶又抽枝。
> 自从一见桃花后,直至如今更不疑。
>
> ——志勤禅师

倘若我来见你,我就是那扛花人

你有时美如山坡漫雪,尽可废黜此时彼时泱泱天下一条路。

亦如针尖,刺破夜的宽厚,而惊现人世可爱之端倪。

倘若你阅见清风绣在湖面上的花纹,你就应该栽下一棵树在春天。

开一些花。

桃花诗意行

墨守一点箴言与信条——
倘若我来见你,我就是那扛花人。

桃花镇

春风催人醒。早起的人拎着铁桶。
合欢树下井沿泛绿,青苔含水。
每一年,门前河水都会运走桃花,结出桃果。
每一年,我的村庄都会勤于耕种,忙于收割。
也要嫁娶,祭祀。供养红白。
每一年我的马车,都要驾起轱辘,敬畏天空,驶向辽阔。

云在青天水在瓶

春光从容。我有籍贯与赫赫家族。有桃红柳绿般锦绣人间。
有立于风雨闪电岁月深处的屋瓦青玄。

烟火悠悠,夏日滂沱。我有江山,有枫林,有驿站和马。
有蛙声如鼓的一田稻香。有儿女。有远亲与近友。

桃花诗意行

秋日。渔舟唱晚。

我有指向青天的枝上乌鸦与红冠长尾雀,有欢沁落日的独角戏。

漫漫冬日,大雪颓废无期。我有城门。

有历史,有端然中国的赤壁惊弦。有墨砚与诀别诗。

桃花镇的桃花

方 圣

中午的光景
初春
桃花镇的太阳　懒散
上派河的水面　安静
猫一样的风
蹑手蹑脚地穿过草坪
就在春天稍一打盹的时候
桃花开了。

一树树的桃花是幼儿园里
扎堆午睡的孩子
一张张红扑扑的粉嫩的小脸
等着各家的父母

桃花诗意行

去俯下身亲吻
桃花，桃花
有个人在树丛里轻声唤着
桃花仿佛是他女儿的小名。

人世的语言无法概括

唯有春天最懂孤寂
路边野草只知生长
一路向天
最遥远的天边露出唯一的桅杆
记忆梳理羽毛
在积雪融化的初春，父亲带着我们上山砍柴
然后，成捆成捆地背回我们的院子
墙头的迎春花只有一枝开始在吐蕊
离群的蚂蚁急急奔走
童年欢歌，无止无休
舌尖花开，九十九朵
关于孤寂
人世的语言无法概括。

桃花诗意行

风声擦亮玻璃
萝卜在泥土里暗香回旋
在桃花开透的春天,一群少年在河边赛跑
柳絮飞扬
谁家的笛声在窗台下
咿咿呀呀地横飞
河水因为荡漾而清亮
尘世因为喧闹而清净
唯有傍晚最懂安静
它搬开白天的疲倦
将过往依次摊开
关于安静
人世的语言无法概括。

桃花诗意行

有桃花

田晓华

确有桃花心甘情愿挣脱枝干往下跳

大小山脉都是山石爬上来的
山道再远也是人开拓出来的
桃树是风吹不动的,有些桃花
是她心甘情愿挣脱枝干跳下的
尽管春天里多风多雨,桃树
枝丫可能会在风的节奏中
摇摆折断,而桃花不会苟同
花神看见那些欲要跳飞的桃花
总在她最美的时刻,悄然告别
母亲的枝干,留下小小印痕
在随风的飘落中,花瓣筋骨

桃花诗意行

大开大合,风只是给了她
一个轻盈表达的决绝姿态
她决然享受飘落。飘落过程中
她一心守护她的端庄她的花蕊
即便落入水洼地也得花蕊向上
她要翘首仰望,看她母亲
风吹不动的样子,也看
那些花朵,那些姐妹们
在枝头尽显胎动萌发的俊俏样

桃花镇轶事

桃花镇上很奇妙
桃树行走在七横七纵大道上
民居厂房学校春风
让我牢牢记住
一件与桃花有关的往事

一个放鸭少年
在放鸭子的河沟旁

桃花诗意行

将赶鸭竹竿随手插立土地上
随即长出了十枝
桃花,它九丫开花一丫等待
它在等待着谁
我想,它定是等待
一个拥有七横七纵美好家园
等待国家倡导
新型城镇化之中有个桃花源
顺和家园名字
何不就叫做桃花村或桃花源

桃花镇上很奇妙
这里的桃树只行走在七横七纵大道上
我打桃花源走过,携带着满脑袋桃花
惬意地回到了家

桃花钉、梅花钉

骨头受到伤害
有时也需要浪漫的治疗

在上世纪
我将梅花插入骨髓腔
在本世纪
我将桃花钉在骨面上

从此,这个世界上不仅有
人面桃花,也有骨面桃花

桃花、雾灯,撞见大师的心
——兼赠梁小斌先生

漫天雾霾
蒙蔽了天空之日
却遮不住桃花粉色
雾灯和花蕊在
裂隙中看见
一个长袍老者
立于铁砧画桌旁
不见长椅
唯见春风轻轻吹

桃花诗意行

蓬乱头发

犹如一团黑色文字

晴光突然亮出

惊动了台面

墨汁在墨池里打转

他妄自哼吟

泼墨勾线

画笔行走如

太极走步

宣纸在服帖中微动

线条是活的

山脉不忘捷足先登

攀成山峰

花是桃树

风撩桃花定下雌雄

沙岩静伏

形如一头雄狮

闹春的光轻抚

在河面上

桃花诗意行

与蝶翼一并
渲染五光十色
一串已长出肢芽的
活泼蝌蚪
在逆流中摆动
一丝飞沫飞上树梢
碰触桃花的留白
绿野之光
与溪水逶迤冗长
从容而自在
流向黑暗的山崖
欢快蝌蚪
却在崖口处连连跌落

画笔在提升中飙飞
风声咋起
桃花枝叶振颤不已
画面在窸窣声中
自行关闭
前方传来了

桃花诗意行

几声黑色的咳嗽
肯定的是,这咳嗽
绝不是出自大师的嗓喉

勿认樱花作桃花

舒丹丹

走在夹道的樱花林里，
很容易就被这片晃动的花海迷惑。
樱花的喧闹高过人声，
浓密的花影像一种呼唤。
我攀下一根枝条，将深深的鼻息凑近，
有瞬间的恍惚和迷醉——
那一刻，樱花的光亮
一定将我的脸也照得绯红。
它高处摇曳的枝条，
有粉红的词语挤挨着跃上枝头，喃喃着情话。
它隐秘的攻心术，不由分说朝你倾注。
如果不是香味的提醒，
我甚至就要把樱花误认为桃花。

桃花诗意行

很显然,桃花不是樱花的对手,
桃花天真,樱花虚幻。
樱花的美,更像是一种假象,难以辨认:
它不结果,甚至没有真实的香味;
它枝丫横生,风一吹,就左右摇摆,
伸向我,伸向你,也伸向她,
像一首匿名的情诗,每个人都以为是写给她的。
噢,天色已晚,晚风拂人脸,
再见了,我的樱花林,
你粉红的游戏,我已厌倦参与,
我就要从这片花海里抽身而出,
愿你不会感到疼痛。
头顶的路牌——左至樱花亭,右往茅焦路,
告诉我,何处是出口?

桃花令

王 凯

和风的容颜碎了一片又一片
化作漫天星光点点
该怎样抵达流水尽头
以忏悔,以祈求
执花锄将记忆掩埋
时光书里藏不住琴声鹤鸣
我看得出,你不快乐。
一朵,又一朵的桃花纵身一跃
以微笑,以沉默
要有怎样坚固的灵魂
才能承起一片雪的重量
河山大好
你我共醉一场又有何妨。

桃花的伤痛无人知晓

夏　卿

桃花自语

把暗香的春宵给你，把马蹄藏起
把灿烂给你，把荆棘留给自己
把乡愁给你，把远方留给自己
让蝴蝶沾花惹草
让春天旁逸斜出

桃花节

从此后，只爱桃花，其它花都不爱
从此后，叫她闪电，叫她白云，叫她
春天滴下的鸟鸣。春水不来，桃花不开

桃花坞改称桃花渡,桃花岛改叫桃花国
从此后,不再外出打工,只在桃花国里
你读诗书,我种桃花,满山谷
一瓣一瓣的鸟鸣,一朵一朵的灯笼
百年后,坟头不栽松树,只种桃花

桃花的伤痛无人知晓

有绽放的欲望,飞鸟也有
逢乱世,避深山,临危石
识小流水,唱东风破,虚度光阴
盛世无常,人间悲苦
多为花间事烦恼。喧嚣过后
桃花的伤痛无人知晓

蜜蜂忙于授粉,游人忙于自拍
桃花的尖叫无人倾听
有人豢养小兽,敛财,隐身幕后
放浪形骸的是一条大虫
桃花有逼仄的重门,有攥紧的小拳头

倒春寒之夜
从盛开的花瓣里长出骨头

桃花镇

春水过境。从玉兰大道到桃花镇,一路上
有人叫,桃花,桃花。如同叫我乡下的表妹
桃花山庄不见桃花,只见小车鱼贯而入
桃花人面,如沐春风,鱼儿游进游出
少不了跳上餐桌,最后一个人
大吃大喝,伶仃大醉
等你醒来,守着桃花,年年花开
年年送别
余下的光阴,值得一生虚度

扎根桃花镇

毕子祥

伏在春风暖融融的脊背
携带桃花女子
飞往都市里的世外桃源
——桃花镇
我们将在这里落草为根
冬天修剪节枝
让心情展现简约优美的造型
春天浇水施肥
让每一朵桃花传粉、受粉
都拥有爱情
初夏,享用修成正果的甜蜜
并把它们分送给友善的邻居

桃花诗意行

以及面露慕意的路人

我希望桃花为我生下
一对龙凤胎
男孩叫桃,女孩叫花
闲暇时,我要带领全家
去大蜀山、紫蓬山游玩
告诉他们大蜀山曾经
喷涌壮丽的桃花
桃花的灰烬堆积成山
紫蓬山是庐阳第一名山
是植物的王国、鸟的天堂
我们要像善待亲人一样
善待动植物——
它们构成人间桃园梦的背景

农闲时
我要和桃花在镇里的企业打工
长安工业聚集区、柏堰科技园、工业园拓展区
都是很好的去处

桃花诗意行

让经济的桃花绽放
让物质生活的果实丰硕

我们要在都市里的世外桃源
扎根,优雅地老去
看桃花镇日渐繁荣,繁华
我们的爱情如三月的桃花
永远鲜美

桃花为谁红

桃树是个苛刻的
花间派诗人
提取最纯净的雨水
最纯足的阳光
最纯情的轻飔
酝酿出了春天
最纯美的诗句

雨燕呢喃做着注脚

桃花诗意行

痴读的蜜蜂几乎瘦断了腰
化蝶的山伯
把每朵桃花都误以为英台
赏花的女子仰首
身子径直上升
红颜乱入花中

桃树展示最纯美的组诗
桃园将它们辑录成集
桃花为谁红
为了心中有爱的人

桃花序

查 炜

桃花开在早晨
还是开在一袭暖风的午后
红的追逐粉白
还是粉白追逐绿?
那高挑的枝头
尚有没有打开的骨头
是红是白是浅是深
是虚是实,也琢磨不透

这么多秘密
我想经得住你猜了
猜一天,猜两天,猜上无数天

桃花诗意行

每个秘密都会酥软

这个春天，你由此显得格外忙碌：

看那东风，幻化细雨

看那桃红，追逐柳绿

神秘，狡黠，莫测

人群对此无动于衷

你捂住每一个谜

不说破

桃色案
——在桃花镇

被簇拥在佳丽丛中

我已然慌了阵脚。人们看我

谦谦君子已久——

我是这样的人（我是这样的人吗？）

心无杂念目不斜视地行进

却不禁拿余光去睃、去瞟

去勾连、去搭讪

怦然心动

桃花诗意行

脸红的老男人是好男人
好男人不能自持还是好男人
——她们俏皮地戏弄我
考察我的底线。一贯木讷
我竟然不可思议地踩出舞步
在春天的中心地带
柔软得一塌糊涂

我承认我暗恋着、暧昧着
这份少年的情怀，表不表白
并不重要。她们臣服了
一切孤陋之人、寡闻之人
倨傲之人、叵测之人
她们将俘虏囚在美丽的牢狱

铁硬的人从桃花丛经过
很娘，很娘
我也不例外。我要把
这牢底坐穿……

在这桃花盛开的地方

柯成生

插立的鸭竿
变成桃树

十个枝头九枝绽放
一个美丽的传说
伴随鲜艳的桃花四处传扬

千年的风雨
传说已然淡去
三十年艰辛的奋斗
桃花粲然焕新颜

不久以前

桃花诗意行

这儿只是一座座村庄
牛儿耕地　鹅鸭戏塘
成群的孩童
玩着泥巴　打着水仗
爸爸在田间辛勤劳作
妈妈在灶旁煮饭熬汤
这样的生活
多年来都是一个模样
困惑的人们
在贫困艰难中挣扎彷徨

短短的几年时光
翻天的变化超出了所有人的想象
一座座村庄
奇迹般的变成了小区　楼房
一条条柏油马路　宽敞明亮
破旧的土屋变成了厂房幢幢
儿童乐园充满着欢声笑语
休闲广场装点得像花园一样

桃花诗意行

鲲鹏展翅腾飞
这里创争全市第一镇
一片生机无限的热土
引来无数"凤凰"竞"攀枝"

美丽的传说
描绘出桃花镇人民的愿景
改革开放的春风
为他们插上有力的翅膀
在希望无垠的田野上
越飞越高　更富更强

在合肥

刘东宏

合肥不错
一个划时代的断言
中心地带　从四面而至的人们
弄潮儿　飞翔的鸟群正在赶来

高桥飞架　无须在十字路口彷徨
大道已通向远方
通向梦想的深处
入世的幸福　樟香弥漫
牵手的人络绎不绝
林荫遍地　幸福布满晨昏
越来锃亮的合肥　每天都是新嫁娘

桃花诗意行

父亲 四年了
你却无法看见 大蜀山的桃花
开红了天空 包河公正 遥津清澈
阳光洒满每一条街道
处处都是风景的入口

高楼已植近大湖
惊了天上人
凭栏听风 山河在眼里 在心中
盛世已经到来 群星从这里出发

桃花镇采风

罗 亮

在桃花镇赏桃花

意象固化的桃花,极其好的桃花
不可轻易谈
但可从钢铁中唤出桃花
从和都市已浑然连为一体的乡镇高楼中唤出桃花

四月初,芳菲不愿尽
桌面上的桃花已是虚词
田野里的桃花正脱花向桃
吉祥美妙之果

确实已不需要更多新意象
——在桃花镇
桃花的内涵外延在暖阳和激情中
在所思所议所遇见中……
变化着

马车可跑进"夭夭""灼灼"的桃花史
你也可以打着赤脚回来

着西装,换运动服,曳长裙
扎辫子,长发飘飘,戴贝雷帽
像少年
或恰是含着乡愁的归来者……

在桃花镇重读《桃夭》

于归,和顺
我从钢丝绳上下来

不渴望再用热烈的词,但希望果实多多

桃花诗意行

枝叶茂盛

希望清水也清,大雁恰好从此地高空中飞过

已从钢丝绳上下来,因而
放弃了技巧
因而可以匍匐在地,捧护着小草

于归,和顺
我有诗文之美一般的赞美

于归,和顺
我从钢丝绳上下来。但不必祝福我们
白首也不分

也别急于在喜庆日子将我们簇拥

我愿从斜坡上向你盛开的那一边静静望去

桃花诗意行

合肥向西,孟春正春

汪 抒

我看到了一首诗的空壳
流云、黄昏时明亮的光线,没有来由的芬芳
也不能将它充满
丘陵起伏,春天无所不在
我已经抽去了连绵的樱花、红枫和鸡爪槭
外在的价值
但它们也无法将它充满

一个人独行于小径,或一群人乘车
从树木和花海中间的大路上穿过
没有区别
身上突至而来的对美的疼痛和绝望
也不能将它充满

桃花诗意行

爱和对爱的割断,同样需要气魄

那是一个值得留恋的地方和时间
我已触到了一首诗无迹的外壳
它在漂浮,它在消逝
它自绝于我独立的血肉
它不向我传递什么
——它是空的,但也绝不需要任何游春之人
向它的内部填入任何内容

千古灿然

吴劲松

三月的春光别在你俏丽的枝头
从远古的诗行走来
一身淋漓的青春
泛出淡淡的妩媚
宛如一位待嫁的新娘
春寒剪剪
裁出你修长的绿裙
春风像个多嘴的媒婆
将你打扮成一位待字的新娘
你粉红的笑靥
掩藏不住闺中的青涩
在春光中荡漾
一场猝不及防的春雷

桃花诗意行

夹着梅雪的残片
敲碎你的闺梦
淋漓的粉黛
未能等到迎亲的队伍
青春的缥缈
如一只精致的瓷瓶
瞬间跌落
潮湿的土地有
浓重的鬼魅的阴影
如果
青春如此易逝
不如乘舟远游
一舟明月,两桨春光
衣袂飘然
只留下千古灿然

桃花正肥

许在波

合肥肥西有一个桃花镇
一个插竿生桃的地方
一朵奇葩自宋开来
肥硕千百年

桃花镇里桃花城
开满长安工业柏堰科技
格力美的江汽泛起红晕招展
纷至沓来的桃花戴上十强桂冠

桃花镇里桃色景
九溪江南繁华逸城涂满脂粉
挽住桃花人的臂膊绰约

桃花诗意行

千亩桃林只是它眉间痣

桃花镇里桃花新
它攀住顶层设计的枝头
城镇化一路花香
春好,桃花正肥

桃花姓什么

杨晓云

桃花很温柔
在水边就姓了水
在岸边就姓坚强
一株草拥住一朵花
对望三月突兀的雨
淋湿你的长发
碎了又碎的念想
谁的世界
不是十面埋伏
不紧不慢的季节里
活一回精彩　死一回无奈

记不清让你笑的日子是哪一天

那天风月成词
那天画笔作提
一朵朵一瓣瓣
轻佻的想象把白纸染成
春风醒过的颜色

三月的桃花不戴面纱

三月的新词在树上滚了边儿
从方圆几里出处亮出来
三月的桃花不戴面纱
用力呼吸　它不担心
它有许多苦果子

天气难得这么好
移动的花房
比冬天的壁炉温暖
每小朵小朵的花里
都住着一个女子
在自己的营盘里妩媚

读书女子一边散淡对白
一边咬牙对饮桃红酒
她们可以抛开一切念头
抛不开宿命的桃花劫

逃出园子

当一树桃枝
鬼魅地伸出一只手臂
你就嫣然浩荡
感受妖娆的绿光
点亮生活
站立的桃园　没有三结义
握手红桃
和一棵树较劲
前人的桃园
后人的土地
压弯腰的桃庄
遮挡了我的视线
缺席的来过的

桃花诗意行

一直走在直觉里

如果敢对一只仙桃耳语
也就扼杀了一季风景
如果埋下伏笔
如果劈面相遇
如果在劫难逃

那写不完的诗
那唱不完的歌

桃花诗意行

四月的风

张　炯

四月的风

装满　这个季节

装满　行走的诗意

装满　桃花运的使者

这是一个没有雪的季节

暖得　有些挑剔

有人问

桃花今何在

昨夜归去

四月的风

装满　这个城市

装满　远去的乡野

桃花诗意行

装满　桃花潭的故事
这是一个春情萌动的季节
诗意行走
是风的述说
是醒的梦境

四月的风
装满　我老家的那块地
那是
老爸耕过的地
那是
老妈种过的田
采风的人们
拍着　照着　寻不见
牛蹭痒的那棵老槐树
老屋　晒谷场
吹烟　老井
风的梦幻

四月的风

桃花诗意行

成全了一只蚂蚁的忠贞
幢幢高楼大厦
模糊了行走的方向
采一束风
寻桃花辞世后的丰硕
儿时的放牛岗　谁说
公园的新居
厂房　机械
门点　闹市
似乎真的验证了
"十枝桃丫九枝开,
一枝等着状元来"的传说
这　就是我的老家

桃花诗意行

桃花忍不住要开

张亚林

柏堰湖边,小螺蛳呡着春光
金色的菜花,和千亩桃红
都有自己的命。
柳树有柳叶刀,榆树数着自己的钱
瓦砾和水草,捧读季节的信
更多花粉的感动,在蜂蝶之翅上微颤

春风忍不住要吹,桃花忍不住要开
众生忍不住向善。
踏春,赏花,我是最虔诚、最谦卑的人
花事插入城事,桃源附体
我要描绘的桃花之盛,足以让花都害羞

桃花诗意行

柳叶刀划破伤春的痛,榆钱打发雾霾的穷
忙碌的桃花,填满三月的胃
菜花与"小苹果"起舞,瓦砾相击而唱:
十枝桃丫九枝开,一枝单等状元来
状元踏马而至
神采奕奕,马蹄里响着和煦的恩情
那些小螺蛳们,合力擎起一杆水草
尽情出演滋润的春。
时来运转,美好已注定

桃花镇,桃花情

赵长在

桃花里的小镇

我的思慕里,弥散着一缕缕桃花香
大蜀山、古王城、柏堰湖、紫蓬山、桃花广场、顺和家园
相隔再远,也能闻到桃花小镇,浓郁的芬芳

桃花镇的大门,一直敞开着。笑迎八方客
我知道,平安吉祥、富庶祥美、如诗如画的桃花风情小镇
是所有桃花人心中一朵善美的桃花

我为一片辽阔的桃花香而来。为一座千年古城遗址而来
像淳朴勤美的桃花人那样,把厚朴的民风民俗
释放在千亩桃花园,释放在全国文明村镇

桃花诗意行

曾经说过,要像一朵迎风绽放的桃花那样
把深爱留给小镇的光阴。一朵绝世风华的桃花,就是一簇火焰
每一个来到桃花的人,都会被一朵桃花所倾倒

我说的是桃花。其实,是钟爱桃花的桃花镇
当工业强镇的远大梦想,融入大合肥,发展壮大的美丽愿景
是对桃花的另一种解读

徜徉在醉美的桃花海。一个个新发的嫩芽,浸染着无边的春色
桃花人的一双巧手,正剪裁着一张不断壮大的发展蓝图
瑰丽的前景,多像一杯杯桃花酒,封存在
芳馥四溢的花香里,与春天一起悠远

赏花的过程,也是打开心扉的过程
那青绿的枝条,美艳的桃花,润泽着桃花镇丰美繁盛的画卷
我在醉美的桃林里,吟咏一片流丹的桃花海

最芬芳的部分,都隐藏在桃花肥美的土壤
一缕花香,涵养一份澄澈的情怀。清心、入心、养心、润心

桃花诗意行

明艳的花瓣,正穿过梦中的桃花镇

眼睛里的桃花,是桃花镇的牌坊,是高挂的一盏盏红灯笼
是一河清亮的春水。所到之处,情愫在一点点融化
每一朵桃花,都是我与小镇的一个幸福约定

做为留香的记忆。而花香里的桃花小镇,多像光阴深处一片
迷人的桃花源,舒展在深深的挚爱

桃花镇,桃花梦

桃花流水
一片花瓣,为一个追梦的节气,接骨
在一朵桃花里,酿一壶经济强镇、建设新桃花的甘醇美酒

桃花朵朵,仿佛桃花镇深厚的文化底蕴
把古典韵味的极致美,诠释得尤为灵美。也许你从未想过
要染指一片春色。只想厮守着小镇
以一片柔媚的花瓣,成为桃花纯美的代名词

桃花诗意行

漫步在繁荣盛美的桃花镇
我不由爱上你的绝美花容。我不是博陵崔护。却有着一颗
护花、爱花、惜花、种花的心。抚慰春天
参差不齐的伤口

谁把一朵崛起的桃花梦,绣在一幅锦绣上
合作开发建设,工业富民强镇,统筹城乡发展的宏美远景
多像一朵清心、静心、养心、怡心的桃花

择一花入梦。将是人生何等的快意,与逍遥
桃花筑梦,醉人醉心。桃花不远,就在春天灵动的心尖上
灼灼怒放。亮汪汪的花瓣,被淳朴勤美的桃花人
宠着、爱着、供着。仿佛红灿灿的心头肉儿

千亩桃园
空出的一条条小径。让一缕缕明艳的桃花风
做梦想的伴娘。可以这样想见,一片霞光普照的发展背景
是桃花镇经济不衰的风骨

需要多少年的挚爱,才能装下你

倾城的容颜。需要多少年的修心，才能让一朵朵桃花开
开成一片花海

一个个逐梦人
正消失在桃花深处。谁蘸着一溪桃花水，默写一曲桃花梦
直到花瓣飘落，霞光散尽

香尽头，是桃花镇一片明媚的春色
站在桃花休闲广场，痴痴地遥想一位佳人手中的桃花盏
桃花诗，与桃花酒

桃花镇，桃花情

我无法像桃花镇的人那样爱你
却是一个笃信心缘的人，让情愫的漫流，融入碧澈桃花水

一座盛美富足的城镇
以妖娆，以粉红，以娇羞，以盛开的姿态，对应着
我的爱恋。写进颂咏的句子，只有一往情深

桃花诗意行

你看，阡陌绿野，绿美街道，和谐社区，桃花丛中走过的
一拨又一拨的游人，正替我生出，对桃花镇的
热恋与深爱

桃花深处是我家
单是想一想，就觉得心醉。开始艳羡
淳美善良的桃花人，已在桃花的芳泽里，找到心灵的居所

解不开的情缘，注定要释放在桃花镇
我像一条被放生的桃花鱼，始终游弋在感念的浪波中
一朵桃花，仿佛前生前世的召唤
而这一座桃花小镇，就是今生今世祥美的相遇

走进桃花小巷，古朴幽雅的气息，扑面而来
循着一脉桃花芬芳的经络，寻找梦境。花香弥漫的旧巷里
可有等我归来的人，在烫一壶桃花酒

穿过桃花镇，邂逅桃花林
不老的容颜与青春，凝结在飘零的花瓣上。即使风干
也是一朵桃花的芳魂

桃 花 诗 意 行

问一座芳香四溢的城镇
见没见过一位桃花女子的仙踪。对着一地
零落的花瓣,展读一封相思的情笺。小镇首先听到了
然后是桃花街,桃花巷,以及寻梦的人

如果桃花镇,也爱我
请收留我的思慕与爱恋。给一颗思梦、思美、思乡的心
定义,或签上契约

桃花镇,桃花开

持一卷诗稿,穿行在千亩桃花园
轻抚花枝,听清脆的鸟鸣。一座美艳幽静的绿色城镇
仿佛一幅徽派水墨山水,徐徐展开

粉嘟嘟的文字,一次次撞击一方水土的钟灵与毓秀
犹如春风,在一片桃花丛中吹。我听到
自己越来越迫切的心神,在靠近醉美的桃花镇

桃花诗意行

纯澈的桃花水,总会让人想到丰美的桃花镇
想到桃花与文化。等一朵桃花,悄悄开放,开成桃花仙子
把情缘留下。由衷的颂咏,洒遍青青桃林

甜美芳香的心事,一直没有说破
静雅的桃花镇,多像一架柔美的琴台。烟雨为弦,桃花为谱
四月的枝头,我愿意是小镇册页里,羞红的蝇头小楷

吃在桃花,住在桃花,游在桃花
幸福美丽的憧憬,多像清清的溪水,流淌到甘美的心田
这一方神性的桃花,多像滋养真爱的卷帙
净化蒙尘的凡心

在环境清幽,层峦叠翠的大蜀山,在森林公园紫蓬山景区
在一座古王城遗址,憧憬做一棵茁壮的桃树
古镇桃花,将是我融入桃花镇最佳的方式。暗自庆幸
又找到一片生根的沃土。可以把挚爱
栽植在芳香阵阵的桃花镇

家电产业集群,繁盛的工业园区、科技园区、产业园区

桃花诗意行

蜀山的林涛，柏堰湖的碧水，社区的幸福和美
像一把把心锁，锁住情醉。说给小镇
说给一朵朵桃花

情愫，多么真挚与热烈
完全沉浸在明艳的桃花中。桃树，生长在桃花镇是幸福的
一朵桃花，把对母土的眷恋，看做是桃花镇
生生不息的精魂

你的美，正从桃花园蔓延到我的内心。桃花开，桃花落
多像桃花镇的灵根，开成光阴的火红与红火

桃花镇，桃花帖

一册桃花帖，记录下一座城镇的富庶与醉美
每次打开，如同打开四月的门扉。而那一朵投奔春风的桃花
早已在一座经济强镇，修炼成仙

一片桃花的波浪，涌上历史悠久的堤岸。粉红娇美的花瓣
仿佛柔软的红宣纸。一直空着，等你来命题

桃花诗意行

迷失在桃花阵。分不清粉艳艳和一行嫩绿,谁究竟占了上风
向哪里走,都有无数阕的桃花词,恍若一位位
红粉佳人,在包围你。浸染你

这些小小的花团,多像一次轻柔的落笔
不用着色,不用香薰,不用施粉,不用深嗅。自然呈现
便是一册纯美的帖子

明知桃花是一只红狐
情愿被她魅惑。痴痴地对着一大片桃花海,对着桃花小镇
坦露出心底最真实的恋语

哪怕被一座绿色城镇淹没
能在桃花盛开的地方,吐露真爱,不失为一支
游春的上上签。手中的桃木剑、桃木梳子,多像通灵的神祇
庇佑着吉祥的岁月

漫山遍野的桃红。如霞似火的桃红。一簇燃烧的火焰
仿佛从未熄灭过。此时,静美的桃花镇

桃花诗意行

　　犹如一只巨大的调色盘。谁都可以在葱郁的山野
　　勾勒几笔漫天云霞

　　一片霞光的豁口，多像派河清澈的入口。等我如桃花
鱼般游入
　　一团彩霞，莫不是一层一层的浪波？与一瓣桃花的
　　嫣红，互为点缀

　　顺着一路芳华，欣然来了。腾空的内心
　　只为多装下一树灿烂的笑靥。与半壁桃花，一镇春色

桃花诗意行

桃花镇，桃花开成海

周学平

网上隔空相恋的爱人
你生长在合肥桃花镇
烁烁的桃花开在大蜀山
巢湖的波光是你灵动的眼

公路铁路是你培育的繁茂桃枝结着
现代小区、工业园区、文化休闲广场
累累的硕果，因为诸多娇艳的花朵
全国文明镇、安徽新型工业产业化示范基地
安徽绿色森林城镇、合肥科学发展第一镇等
扎根丰富的人文土壤，吸收着和谐创新的营养
每一朵都散发着馨人的芳香，如你蕙质兰心
你们都深藏闺中，让我魂牵梦萦

桃花诗意行

桃花镇,桃花开成海
等待状元恋人乘着凤凰来
十枝暗喻你勤劳美丽的双手
未开的那一枝是你的无名指
渴望钻戒绽放贞爱的花
结出幸福的蜜桃,挂满春天的枝条

桃花诗意行

桃 花

池新可

1

夜色如水
你在月下的容颜更美
我偎依在你的身旁
看你在天堂舞蹈
我该为你祈祷
还是紧紧把你拥抱

拥抱吧,我的桃花
此刻还有什么比爱情重要
满天都是点点星光
点点都是我幸福的泪光

桃花诗意行

你的笑容灿烂地燃烧
照得我全身沸腾
用血染红你的脸庞

我要对着你纯澈的眼眸
庄严地许一次诺言
用月亮来作证
把思念写满月亮的背面
每一次仰望你的模样
都有月亮的光芒

我卸下所有的行装
静静坐在你身旁
听神在歌唱
张开每一颗细胞
收集你的芬芳
你的柔情
在夜的深处回荡

雪的枝头长满了月光

桃花诗意行

滴滴无声地飘落
彼此的呼吸和心跳
每次舒张的契默

2

仰望枝头绽放的云霞
一直不能忘记
那些深处的火焰

那是怎样的火焰啊
烤暖了整整一个冬天
要有多大的力量
又把整个春天点燃

我站在枝头
眺望爱情的风景
我的青春被你点燃

那是怎样的火焰啊

桃花诗意行

要有多大的力量
才能把我照得通体透明
才能赶走全部的悲伤

从来都没有怀疑
爱情的力量
世上没有一种力量
像它那样强大和永恒

隐藏在花萼的深处
隐藏在枝叶的纹理里
一抹浅浅的笑靥
抑或一瞥淡淡的眸光
都传递着爱的力量

有时我也会想
为什么娇羞的桃花
会有如此的力量
一个柔弱的女子
担负生命传承繁衍

桃花诗意行

我知道作为一个男人
气吞山河顶天立地
而对身边的桃花和女人
怎么能不由衷地
高高举起,顶礼膜拜

3

其实我
一直都走不出天涯
也想一直把你留在天涯
谁知哪里有天涯
哪里就有了你

其实我还想
让流水把你带走
谁知哪里有流水
哪里就有了你

流水把天涯带走

桃花诗意行

天涯把我带走
我把一切都带走
但带不走天涯和流水
正如天涯和流水
都不能把你带走

那就让
我们浪迹天涯吧
因为哪里有天涯
哪里就有流水
哪里有流水
哪里就有梦
哪里就有爱的踪迹
哪里就有你和我

哪里有天涯
哪里有流水
我就在哪里写诗
为你献上我的诗篇
一枚闪亮的草戒指

桃花诗意行

4

返回三千年前
捧读诗经
重返那个楚国的山坡
你妖娆的风姿
书页里翩跹舞蹈
枝头摇曳的火焰
点燃微澜的春水
一水之隔的我
泪流满面

许多年过后
我在秦淮河遇上你
娇艳一如当年
你毅然走进扇里
绽放血色浪漫
满腔的情爱
化作凛然的抗争

桃花诗意行

如今我在南方
眺望广袤的北方
高高的天空下
春风依然在
不见你的踪影
我知道你没走远
一直都没有凋谢

从古代到现在
从北方到南方
灼灼的花瓣
颤栗的光芒
照耀过多少人
命运在一刹那
改变了颜色

桃花诗意行

5

一个词语最早出现
在诗经的岸边
桃之夭夭
夭夭不是娇艳
而是风情

桃最易被误解
春风不误
却误了桃的清白
桃最解风情
却遭了风月的罪

桃并没有风月
有风月的都是人
爱桃之人
命犯桃花
深深的庭院里

桃花诗意行

不知哪个女子在痛哭
历史在哭声中颤栗

桃没有脂粉
却粉饰了眼泪
桃没有风情
却误了无数风月
这么多年来
人们误解了你
你却习惯了
被误解被扭曲
忍辱负重

绽放粉红心情

解红光

不能修改的籍贯,让我爱着肥西的春天。桃花节、诗歌节,在一个叫桃花镇的地方如期发芽,向上生长,好似滚动的电影胶片,五彩斑斓,平平仄仄。

一朵桃花开了,几簇桃花放了,千亩桃花红了,春天破茧而出,噙着喜悦的泪花。风的险恶,雪的严峻,统统在此剥离。

桃花镇——写满绯红心情的地方。她背依大蜀山峦,项系派河丝巾,与合肥高新区、大学城、科学岛、政务文化新区、滨湖新区,无缝对接,连为一体。合九铁路、宁西铁路、312国道纵贯镇域,网格交通。这里企业林立,精英荟萃,如雨后春笋,曾经初始的艰难在此涅槃。这里裙楼绵延,这里桃花灼灼,这里地灵人杰。

"文化桃花",再次实现跨越!今天的桃花镇,如桃花

桃花诗意行

般绚艳,是美丽肥西的一片剪影,是庐州大地的一帧画卷,是千年的老马驮来的一道风景。你若来,我便在,信不信随你。天然氧吧,就在举步之间;城市绿肺,正是桃花一源;千亿产值,已在股掌之中。笑靥的桃花,汲足雨露,沐浴阳光,宛如三河街美女的红云;激情的诗人,汇聚桃园,出口成章,恰似紫蓬山樵夫的山歌。社区周边的土地悄然与工业文明联姻,数百家高科技企业,接踵而至,产值连创新高,争做长三角经济之首。这里,工厂、农场,安全生产,一马当先;社区、商区,和谐相生,一派繁华。这里的夜晚,彰显着都市里村庄的恬淡,萤火虫缠绕着路灯将舞蹈进行到底,水田里的青蛙和着广场舞的节拍争鸣……

梦想肥西,诗意桃花。桃花镇——魅力之镇——肥西又一张绚丽的名片。春,装点了你的风景,你,点缀了我的心情。漫步吧,这里粉妆玉砌,这里宜居宜商。孩子们是放飞的鸟儿,追逐着灿烂的童话,回眸间,拣拾一首没有乳牙的诗。花,朵朵盛开;蝶,对对相戏。在这里,有谁比蜜蜂更紧张?每一片花瓣写满纷扬的故事,粉红怡情,桃花以温暖的胸怀拥抱世界。一个个创业的故事成为传奇,点燃今日话语,年轻人循着前人的足迹,在磨砺中成长为大建设脊梁。他们忙里偷闲,吹弹轧打,谈诗作画,相亲

桃花诗意行

派对，放牧恋情，广交益友，个个醉卧花荫。这里，花开热烈；这里，月色干净。

诗歌节，挥写一卷诗书，别在春天的门楣。桃花镇的春天是生动的，喜悦与风情融汇了，希望和梦想收获了。桃树林，萌芽、生长、绽放，株株迸发精彩；诗歌节，赋诗、论道、比拼，处处尽显风流。

我看到，几个绘画人，若干张工笔画，妙手天成，细微处，满纸诗韵在流淌；我还看到，那起吊塔上，工人撕下云彩当作汗巾……我，一个文学爱好者，不过是慕名而来，不过是追踪采风，在这美丽园区，能否遇上醉酒谈诗的汪伦和李白？往往，收获在追求之外。

鸟群飞过桃花的外延

周宗甫

行走诗意的春天

从唐朝吐蕾一路飘香的三月的桃花,你穿越宋、元、明、清以及民国的风雨阴晴,温顺地依让"肥光"和"长安"的月光喂养。

这个春天,一枝枝桃花竖起耳朵,鼓动三千里红绸,欲将大湖名城——合肥的杨柳们舞醒。

这个春天,王古城的遗址踮起脚尖,我看到如梦的祥云拧起工业文明的发条,在桃花盛开的土地一圈又一圈地绷紧。

这个春天,桃花的红艳酝酿着一场空前绝后的生命的暴动,宣告自己躁动青春信念的强势。

这个春天,时间的临界,竟是如此不堪一击。令疾书狂草批阅大地的诗人——开阔一条江流的气度与情怀。他们，要挑出这个季节桃花内部的音符，横空引领敏感犀利的目光尽兴抵达。

乡村向都市嬗变

灰色的记忆被岁月隐去，"桃花"的土地劈开传统的陡坡立起精彩。

一片片荒丘野岭和五谷的习性暗淡凋谢，

一条条宽阔的马路像黑色的缎带一样盛开。

一堵堵老墙的倒影和低矮的陶罐轰然凋谢，

一幢幢现代化的厂房像棋盘一样盛开。

一块块三亩薄地和六畜晚归的黄昏枯萎凋谢，

一栋栋鳞次栉比的楼群像蘑菇一样盛开。

哦，牵手这个节令，一群语言的剑客行走桃红十里，情不自禁扶起现实的犁铧。翻选白昼的背面，倾听"顺和"家园蹁跹的广场舞乐音青青，它胜过农耕时代的千支牧笛。

桃花诗意行

"格力"开放着神话

  两杯清茶,一幅蓝天。

  柏堰湖的翠鸟俯翅泄露天机:"十桠桃花九枝开,一枝在等'东方明珠'来"。

  这位端庄自信波澜不惊的南粤女神,你手执一柄时光的魔棒,神奇变换着人间的冷热,循序调教着大自然的脾气。

  寒黑天野,暑白大地。

  速写"明珠"女神眨眼一瞬,合肥"格力"孕出的柔和春风,从"桃花"的眉宇出发,你的鲜嫩的叶片,一路旋转起舞亲近着冰雪重叠与沙漠起伏的纬度。

  呵,"格力"。你在神州的近邻,你在世界的天涯,你把炎热还给炎热,你把寒冷还给寒冷。

新市民的艺术启蒙

  没有什么能够拒绝人的一茬又一茬精神的饥饿。

  今晨——小镇。时间的大鸟扑动休闲的翅膀。穿蓝色工装的披肩发走进陌生且新鲜的文化站,走进"桃花"灼

桃花诗意行

灼的深处。

她是农民亦是工人。贫乏和拘谨,挤在身份的定语里匆匆逃路。

披肩发的目光,开始平视或者俯仰,一些心灵抽象的欲望,在展厅徜徉寻找精神果腹的静物。

她,终于伫立凝神一幅"群峰争艳"的山水立轴。

此时,女工孜孜求索的目光像一把"梯子",举她步步攀援,唤她朦胧的审美——朝云天扶摇直上。

穿工装的农民走出文化站,一泓潺潺的山泉泻出国画蜿蜒为她送行,一直送到她的背影渐远渐小渐无……

咏 桃

杨崇兴

玉兰明珠绘桃花,
十竿枝头九枝芽。
科学招商促发展,
攀枝三角引凤凰。

注释:

(1) 玉兰明珠,是2条桃花镇政府修筑的公路名称,其无疑是桃花镇的标志,也是桃花镇政府汇集的所在地。

(2) 竿变桃花树,10枝开9枝,结合桃花镇的悠久历史传说。

(3) 科学招商一直都是桃花镇政府紧抓不懈的工作,镇政府能响应国家号召积极从农转市,招商带动镇发展,

桃花诗意行

促进镇发展,改善人民生活,这些丰功伟绩会为后人万世颂扬。

(4)三角地区是桃花镇政府需要融入和发展的,如何引凤凰,以此推动桃花镇更快更好的发展,我想也是桃花政府的未来吧。

(5)前2句话是以桃花镇的历史为暗喻,意思通过镇政府的努力,迈向成功10点已经达到9点了,最后一枝也是暗喻,特指长三角,攀上三角,共同发展。

淡然淡然　只是我们的一种深深向往

玫　瑰

痴对红尘别梦恨，绵绵幽愁雨淋淋，怅对长空爱茫茫，只影单形孤雁飞，风过眸含霜，任风吹，自顾盼，瘦青衫，独惆怅。情丝难剪，相思难断，乍奈日顾夜盼，终难留彼心，乍奈爱已无言，情已无声……风迷双眸，湿了双颊，流水无情伴落花。伊人遥，梦难求，红尘一声笑，情侵梦，愁心头。空相忆，一丝缠绕，穿透万丈红尘，只因有你一笑风华，心已醉，情亦浓，拼却痴心眼汪汪。风月无计，仰首叹息，两情若初见，何必泪满巾。青春散场，繁华落尽。

此岸与彼岸，千年的守候，铭心的痴狂，夜深了，寂静了。习惯了一个人的夜晚，独自品味那如火的思念，静静地任忧伤蔓延，不需要陪伴，不需要懂得。早已习惯这种简简单单，不起波澜的生活，似看透人生般的一份淡然沉静。但我很明确，是自己走不出回忆的枷锁而已。是谁，

桃花诗意行

渲染了谁的寂寞,又是谁,缠绵了谁的岁月,谁是谁的思念,谁是谁的怀念,谁,又是谁的惦念,谁,又是谁的牵念,门前春暖风习习,窗前花影人依依,抬头,天很蓝,云很淡,时钟缓慢心已乱,低头,水很暖,鱼很懒,案头杂乱日已短,牵念,思念,化作一缕云烟,惦念,怀念,融入一片云天。

  曾经,这样以为,一见倾心,定是我们人生最美的相逢;曾经,这样认为,一生相依,定是我们今生永恒的聚会。曾经以为,这样相聚相会,会是依依情深的天意;曾经认为,这样相依相恋,会是绵绵情思的记忆,殊不知,繁华落尽,凋零了岁月的景致,却不见,路途坎坷,碾碎了时光的梦迹,不见,应道:今生无缘。总有一件事,一辈子不会忘记,却一辈子不再提起;总有一段情,一生时不时想起,却一直铭记在遥远的脑里;总有一个人,一世常常记起,却永远生活在孤寂的心底,那一年,永远记得。那一月,永久记起,那一天,终生铭记,忘不掉的是过去,缅怀的是记忆,生活还得继续,他,成了你的风景,你,成了他的记忆。有的事,过了就是过了,再不回味;有些情,没了就是没了,再不心动;有些人,走了就是走了,再不心痛。再好的事,没有结局,回味终是无味;再深的情,不能安稳,心动都是心痛。

桃花诗意行

再美的人,没有感情,依恋都是悔恨,在一起是兴奋,离开也是幸运,因为,我们都有太多的无奈,太多的失败,逍遥,就是放开。累了,就休息吧,何必把自己逼得这样紧;困了,就睡觉吧,何必把自己搞得这样忙;烦了,就喝酒吧,何必把自己弄得这样苦;伤了,就倾诉吧,何必把自己锁得这样死。谁也有累的时候,困的时刻,谁也有烦的时候,伤的时刻。调整情绪,恢复身体,你才会有精力,释放愁绪,改变情绪,你才会有情趣,多好多美。

那种淡然,只是我的一种深深向往。懵懂的年纪,幼稚的心灵,我迎来了一种叫做"青春"的东西,敞开心扉,不设防备的去迎接。而"它"让我哭过、笑过、错过、爱过、最后悄然无声的离去。轻轻地,正如"它"没有来过一般。而我却发生了翻天覆地的变化。变得多愁善感,变得尘封自己,不与外界的一切接触。那个曾经,那个肆意欢笑洒泪的自己、那个放纵不羁一味寻求快乐安慰的自己,再也不见了,就这样成了记忆中的永恒,一段不能抚平的伤痛,遗留在了那个岁月。曾经,我在微雨中伫立,任由倾泻而下的雨水,淋湿身体,洗涤心灵。对着天空,歇斯底里的呐喊。

尘世中,痛了,默默,用拳头把心口顶住;哭了,悄

桃花诗意行

悄,用衣袖把泪痕抹掉,把疼,慢慢消化,装作欢乐,把苦,轻轻咽下,换作笑脸,再痛,我们疼在心上,再苦,我们不留在脸上,渐渐我们学会了坚强,慢慢我们懂得了顽强,社会教会了我们忍受,生活让我们懂得握紧拳头,不去哭泣。如果,不能拥有,就要学会放手;如果,不想痛苦,就要懂得挥手。人生是一段漫长的路程,放手,并不意味着今后不能拥有;生活是一份愉快的享受,挥手,就是叫你告别痛苦寻找美的感受,与其苦苦等待,不如转身断开。与其伤心流泪,不如从容面对,别等不该等的人,别伤不该伤的心,学会放手,懂得挥手。

最使人伤痛的,不是眼里饱含泪水,而是心中装满苦楚;最使人伤心的,不是全身伤痕累累,而是真情受到毁坏,伤人,不能伤心,伤身,不该伤情,如果心伤了,人哪能愉快,如果情伤了,人那会开怀,几千次的打击,依然直立,那是心还在,几万处的伤痕,依然不倒,那是情还在,如果心走了情伤了,人安在。牵手,是情,执手,是爱,当人生把一份情,置于彼此的手上时,我们懂得了,执子之手,与子偕老,当生命把一份爱,寄托于彼此心上时,我们明白了,执子之手,与子偕老。

岁月中,有过多少艰难的时刻,我们捧着偕老的准则,

桃花诗意行

去对待，时光里，有过多少伤心的时候，我们凭着与子的原则，来看待，真诚真情。别怨，生活中好多的事，不值得我们去埋怨；别悔，人生中许多的情，不需要我们去后悔，忙碌的世界里，谁也有谁的难处，现实的生活中，谁也有谁的苦楚，宽容多一点，心情好一点，理解多一些，笑容多一些，不去怨恨，随他驰骋，不去悔恨，由她摆动，平静待人，安然处世，得失俱是命，聚散全是缘，淡然淡然。值得我们流泪的人，绝不会让我们流泪，值得我们努力的人，绝不会让我们盲目。

总是在岁月面前，裸露了我们的思想，把我们赤裸裸的灵魂摆在世人面前。心灵的伤痛，再也不愿对虚假的人诉说，一切忧愁、一杯苦酒、咽下腹中。夜深人静时，喜欢沉沦在黑夜中，指尖永远有着一根寂寞在无尽的燃烧，想到伤心，想到落泪：遗忘了梦想，丢失了自己，只有，痛最真实。挣扎苦海，多少次想让时光倒流，回到那个纯真懵懂的年纪，重新开始生活。可是，我懂得了，这些都是人生的必经之路。结束，也是另一种开始。而我为什么不能好好的做自己，那场繁华背后的落寞，无时无刻的不折磨自己。

是谁，渲染了谁的寂寞，又是谁，缠绵了谁的岁月，

桃花诗意行

　　谁是谁的思念，谁是谁的怀念，谁，又是谁的惦念，谁，又是谁的牵念，门前春暖风习习，窗前花影人依依，抬头，天很蓝，云很淡，时钟缓慢心已乱，低头，水很暖，鱼很懒，案头杂乱日已短，牵念，思念，化作一缕云烟，惦念，怀念，融入一片云天。执着，一种刻骨的伤痛，回忆，无法言语的伤心。这世界，自己有多么的渺小，妄想一颗心去改变世人，没想到竟成了一场笑话，一场过来人的冷眼相待。是的，也许太傻，往事中又有多少虚情假意使自己如此眷恋。如痴如醉，朝思暮想，终成阴霾，笼罩着自己的世界，久久不散……此岸与彼岸，再也等不到一场春暖花开。是谁编制了这种谎言去欺骗世人，也许，这痛苦冗长的世间，真的需要一些谎言去填补那方灰暗，满足世人的幻想憧憬之心。

　　也许，真正有人到达了幸福的彼岸，这种少之又少的真实，我便直接忽略了。早就习惯去离别的车站张望，有人离去、有人归来。有人欢笑、有人落泪。而我没有欢笑亦无落泪。淡漠地看着世间的悲欢离合。聆听别人的故事，就像数着自己的伤心，一遍又一遍，做个旁听者，流着自己的泪。佳期如梦，流年似水。淡淡的墨香，芬芳着一世的柔婉心语，挥毫勾勒的俊美蓝图，依旧是你巧笑嫣然的

桃花诗意行

模样，红尘有梦，梦在心上。与你，与我，永远都没有空白的过往，你的千般柔情牵绊着我的心，我的万缕蜜意连接着你的柔肠。

天涯海角，传递两颗心跳动的音符，千山万水，一曲红尘恋歌我们一直在平仄不韵的流年里吟唱。也许，如水的时光已经被我们遗忘？只因我们把美丽凝固在了初见时的地方。不知觉间久违的微笑，再一次的爬上那忧伤的面庞。剪一段岁月的锦瑟，沉醉在曾经相识的感动里，流淌的烟雨，温柔了我的心扉；你的笑脸，像一片朝霞，带给我彩虹满天；你的文字，像一朵朵飘在空中的云朵，时刻缠绵着我的心潮；因为思念，更多了一份深深地牵挂。夜色静谧，清风微徐，唯有将这思这念化于风中，吹向远方，流入他乡，佳期如梦，流年似水，红尘如梦，岁月如歌，一场风雨，一世情缘。

沁园春·桃花

沈家财

江淮旖旎,千亩桃园,万里香飘。望繁华周边,工业聚集;道路两旁,机声轰鸣;高新产品,屡出不尽。欲与省级园区试比高。须待日,看经济指标,再见分晓。 美丽和谐桃花,引失地农民幸福指数提高。惜祖辈刀耕,收入微薄;外出务工,离众聚稍。千载难逢,朴厚趋新、开放包容,富民强镇不动摇。符实号,数皖中名镇,就在今朝。

图书在版编目（CIP）数据

桃花诗意行/赵宏兴，张建春主编.—北京：中国书籍出版社，2015.10
ISBN 978-7-5068-5220-3

Ⅰ.①桃… Ⅱ.①赵…②张… Ⅲ.①诗集—中国—当代 Ⅳ.① I227

中国版本图书馆CIP数据核字（2015）第243441号

桃花诗意行

赵宏兴　张建春　主编

图书策划	武　斌　崔付建
责任编辑	王　淼
责任印制	孙马飞　马　芝
出版发行	中国书籍出版社
地　　址	北京市丰台区三路居路97号（邮编：100073）
电　　话	（010）52257143（总编室）（010）52257140（发行部）
电子邮箱	chinabp@vip.sina.com
经　　销	全国新华书店
印　　刷	北京富达印务有限公司
开　　本	650毫米×940毫米　1/16
字　　数	90千字
印　　张	10
版　　次	2016年1月第1版　2016年1月第1次印刷
书　　号	ISBN 978-7-5068-5220-3
定　　价	38.00元

版权所有　翻印必究